KB115469

오늘도 나는,
사과나무를 심겠습니다

시와소금 시인선 · 105

오늘도 나는,
사과나무를 심겠습니다

김희목 시집

시와소금

▌김희목 약력

- 1941년 춘천 출생으로 김유정 마을 「산국농장」 주인이고, 지금까지 농사만 지어왔다.

- 시집으로 1999년 『산국농장 이야기』, 2001년 『산국농장에 올 때는 티코를 타고 오세요』, 2013년 『나는 지금 엠마오로 갑니다』가 있다.

- 그의 시는 깊은 성찰이 담긴 언어로 직조되어 있다. 그는 아직도 소년이고, 여전히 세상을 향해 조용히 미소 짓고 있는 금병산 산지기 시인이다.

- 주소 : 강원도 춘천시 춘천로295번길 11-10
　　　　(후평동, 우정연립) A동 101호 (우24255)

달밤, 동산에 올라
밤나무 그루터기에 앉습니다
때때로 달빛도 내 곁에 머물러 있습니다

일만 년 전의 남자와
일만 년 후의 여자가
이 달빛에 취하면
우린 서로 정다운 사람

느닷없이 보고 싶어지는 딸들
상원아, 윤진아, 소영아
이전 꿈을, 이전 상상을 내버려 두세요
아내가 날 기다릴 테니까요

이 글을 읽는 모든 이에게 평화를 빕니다

금병산 자락에서
김희목

| 차례 |

| 시인의 말 |

제1부 꽃과 미움과의 대화

제2부 바다로 향한 연가

제3부 무위자연

제6부 넘치는 은총

꽃과 미움과의 대화
(2013)

꽃은

꽃은
열렬히 서로 사랑하기

노루귀꽃

볕이 따뜻한 한낮
반짝이는 너는
누이인가, 연인인가

꽃과 미움과의 대화

장미꽃을 풍뎅이가 갉아 먹을 때
아이들이 몰려와서 꽃을 꺾고 있을 때
어떤 사람이 은방울꽃을 몰래 뽑아 갔을 때
그럴 땐
그들이 꽃의 주인이라 여기면 되지만
나는 견디지 못하고
농약을 뿌리고, 나무라고, 화내고
꽃을 다음엔 어디에 심을 것인지
어떻게 가꿀 것인지
남들이 보면 웃고 지나갈 것들을

어떤 날

어떤 날 나는
있음으로 있는
희디흰 뭉게구름

시작도 끝도 모를
날과 날들로
이어지고 이어지는
한 기쁨

밤의 열기 속에서 · 1

달빛 숲 가에서 춤추고
반짝이는 별들과
고즈넉한 밤, 가을밤
나는 어디서 춤을 추었는가
그들은 들에서 춤추고
골목에서 춤추고
뜰에서도 춤을 추었는데
은빛 물결 강물처럼
조금은 성난 파도처럼
달려오고 달려가는 것들과
가슴 일렁이는 것들과
살아 숨 쉬는 것들과

밤의 열기 속에서 · 2

달빛 꽃밭에
이슬 내리고
노오란 국화꽃 유난스럽네
이 밤 그렇게 볼 수 있다는 게
다행스럽기는 하지만
다른 이들 마음도 꼭 그럴까
노오랗게 보일까
이슥해질수록 더 어지러운
아니
마음을 쓰면 쓸수록
더 어지러운 밤의 열기 속에서
서늘한 바람이 이는

그대여!

싱싱한 나뭇잎을 몇 장 모았습니다
노란 단풍잎을 몇 장 모았습니다
빨간 단풍잎도 몇 장 모았습니다

그것을 펼쳐 놓고
그 위에 그대의 얼굴을
그려 보았습니다
그리고는
파란 하늘을 봅니다

나는 온통 당신으로 물들었습니다

눈 나라에선

눈 나라에서 눈사람 되었네
눈 나라에서 마른 갈대 되어 흔들리네

눈밭 위에 서서 봄비처럼
촉촉이 젖어 버렸네

기차가 보이는 언덕
아직도 바람이 일고
오늘 밤
별이 빛나는 하늘에는

서낭을 그리며

가끔 지나는 산모롱이
소나무 옆엔 돌무더기가 있고
그 곁엔 바싹 마른 들풀 줄기들이
아직도 무성한데

솔방울이나 꽃씨들이 스스로
움직일 수 없음이 딱하여
돌질하며 이루어지길 바라는 것은
죄를 하나 더 쌓는 것인가
죄를 돌에 담아 던지는 것인가

그대 온달
— 비 오는 보름밤이었습니다

그대가 오늘 빛에서
검게 가려졌다 하더라도
나는 여전히 사랑할 것이다

낮에는 부러진 갈비뼈를
왼손으로 움켜잡고
장미를 다듬고 있었다

온달 장군이 꿈쩍도 않고
기다렸다는 이야기가
눈물겹도록 부러운 꿈이듯

지금은 애써 아픔을 참으며
그대를 온달로 믿는 것이다
늘 그렇게 믿는 것이다

푸른 산 그 너머

푸른 산 그 너머
흰 구름 흐르네
가슴속 아련한 것들
그대로 걸어가고 싶네
소꿉놀이 물장구치던
아이들, 아이들의 얼굴

푸른 논밭 그 너머
바람이 흐르네
몇몇 빨간 파란 농가들
보고 싶은 사람들이 있네
울고불고 히히대던
동그란, 동그란 얼굴들

해 떨어진 붉은 하늘
기쁨 또는 슬픔이 흐르네
언제쯤 먼 길
홀가분한, 아주 홀가분하게
꽃향기 분분히 빛나는 얼굴로
당신을 맞보러 갈거나

가을 아침 풍경

회색인 가을 아침
을씨년스런 숲길에는
소곤대는 소리들이 있네
그 소리들

나는 아주 특별한 사랑을 하고 있고
나는 선택되어 있을 거라고
나는 꿈같은 삶을 누릴 거라고
으레 그러려니 믿고 있었네

숲은 내게 말하네
네 손을 보라 네 얼굴을 보라
네 마음을 보라
반짝임도 부드러움도 생기 넘침도
이 가을 가지들인 것을

그래도 늘 모자란 나는
눈치 없이 임에게 귓속말하네

오소서, 오소서
꽃바람 풍기는 숨 몰아쉬며
꿈인 듯 생시인 듯 어서 오소서

단풍놀이

밤공기가 차가워
고추를 뽑을까 말까 하다가
오늘은 괜찮겠지 했었네
밤새 몇 번이나
뽑을 걸 뽑았어야 하는 걸
아침에 후회하게 될지도 몰라
―이건 참 남세스런 짓이야
새벽같이 뜰로 나오니
참으로 다행이었네

그래도 이 나이엔
새벽부터 서둘러
단풍놀이 채비를 해야 하는데

성탄절 이야기 · 1

마른 풀밭 볕이
따뜻해 보이네
어제 무심했듯이
내일도 반짝일 수 있을까 몰라

바람 부는 언덕
그렇게 움츠러들게 하더니
며칠간 포근한
그리하여 영혼이 가득해진다면
내일도 모레도 그랬으면 좋겠네

해 저무는 산 드리운 그늘들
우여곡절이든
다사다난이든 다 잊고
오늘 왕으로 오신 그분의 별빛과
조용히 그리고 고요한 밤이 오길

성탄절 이야기 · 2

겨울 푸근한 날씬
임의 선물이었네

오늘 같은 날은
눈이 펑펑 내리고
얼마쯤은 추워도 좋을 터이지만

만약에
큰 눈 내리며 세상이 온통
꽁꽁 얼어붙었다면
가난한 천사들은 어쩌나 싶어
창문을 반쯤은 열었겠지

하지만 오늘 같은 날은
모두 넉넉해지는
가난해서 더 넉넉해지는
고향의 풋풋한 이야기들로
임과 함께 긴 밤 지새우는 밤

──올겨울은 따뜻할 것이네

어떤 증상

낮잠을 즐기는데
손등에 앉은 파리를
권총으로…

적어도 내가 파리에게는
절대 권력자라서
그들의 목숨을 좌지우지할 수 있다고
만약 그대에게 말했다면
언젠가는 웅변을 하려 할 것이고
그러면 그대는
침묵하며 괴로워하기보다는
여기를 떠나 유유자적하며
바다를 보러 가는 게

제2부

바다로 향한 연가

(2014~2015)

나는 믿습니다 · 1

기쁘고 즐거울 때
나 살아 있음을 감사합니다

에이도록 슬플 때
나 그 슬픔을 감사하렵니다

아프고 괴로웠을 때
나 그 아픔을 감사했었습니다

중략!

어느덧 희망의 끈이
낡고 닳아 나풀거릴 때
아직 살아 있음을 감사할 것입니다

회복의 탄력은
감사함에 있다 했으니

나는 믿습니다 · 2

잠에서 깨어나니
당신이 있어 기쁩니다
감사할 뿐입니다

아침 태양은 찬란히 빛나고
나는 여기 있습니다

나는 믿습니다 · 3

말이 길어지니
뱀이 되더라

축시

— 금병산 예술제

금병산 자락
아침 햇살이 들었습니다
금병산 뫼 위로
둥근달이 떠 오릅니다
여기 어둡고 깊은 숲에는
별빛이 쏟아집니다
내 별과 사랑하는 어머니(윤동주)

엊그제 한가위 달빛에서
반딧불이를 만났습니다
그들은 춤추고 나도 춤추며
즐겁게 흥겹게
이웃을 불렀습니다
오는 이 있어 기쁘고
오지 못해도 정다운 이들

신선 같은 선비 학자 금병서실의 전신재 교수
살아 있는 전설이라 불리는

문학의 집 동행의 작가 전상국 교수

예예동산에서 예술과 기도로 낙원을 이루는 분들

한국 화단의 독보적 존재 한지 스튜디오의 함섭 화백

평화와 안녕을 구하는 솟대연구소 카페 산골나그네

꽃무지의 변우현 교수 내외

DMZ 연구의 선구자 함광복 평화통일위원과

차茶 소믈리에 원영희 선생님 내외

동백꽃의 점순네가 여기쯤이지 믿는 카페 여기쯤

조용히 기도하는 소호제의 이경희 선생님

옥천산방과 ㅅ글방의 송선생님

전통 민속화 소화갤러리의 이양순 선생님 내외

금병산 예술촌의 혼을 빚어

불가마로 구워내는 도예작가 김윤선 선생님

팔삭동이 같은 산지기도 함께 묻어갑니다

그대와 나

우리들이 모였습니다

우리가 보는 것 그것은 자연

태양 아래 희망을 키웁니다
달빛으로 꿈에 졌습니다
별빛 아래 사랑을 찾습니다
소곤소곤 어울리는

우리가 듣는 것 그것은 자연
바람소리 빗소리 우렛소리
사그락사그락 눈 내리는 소리
새소리 들짐승들의 소리
엄마의 소리 아빠의 소리
이른 아침 학교로 향하는 아이들의 재잘거림
추억의 날들 그리움들

우리가 노는 것 그것도 자연
누리의 삶은 사랑입니다
봄철 흐느적거리는 꽃가루도
사랑의 신비입니다
사랑의 기술*

사랑은 예술입니다

아울러 예술은 사랑입니다

* 사랑의 기술 : 에릭 프롬

꿀벌 인생

일벌들이 일거리가 많으면
내가 손으로 건드려도
자기 일에만 몰두합니다
나도 내 일이 바빠 숨 가쁠 때는
세상과 담을 쌓듯
일에 빠져 즐기고 있습니다
그대여
영원하길
지금과 같이

(2015)

코스모스의 계절

가을이 시작될 무렵
울긋불긋한 꽃무리들이
기쁨과 즐거움을 노래합니다

철 바뀐 계절의 여인들이
아우성이 아닌
함성으로 환호하는

언제나 9월이 오면
그들은 사랑으로
가슴이 콩닥콩닥

바다로 향한 연가 · 1

어쩜 이렇게 덥냐,

덥다는 핑계를 대며
며칠 게으름을 피웠더니

불연 수평선이 보이는 바다가
지쳐 누워버린 산 너머
파도처럼 밀려옵니다

흰 물거품도 시원하게

바다로 향한 연가 · 2

얼굴이 까맣게 그을린
도로 공사장에서 일하는 분들을 보면
저들의 노동이 즐거웠으면
집에 돌아가면 행복했으면
나도 가끔은 옷이 흠뻑 젖도록
농장 노동자가 되긴 하지만
아주 가끔 마음은 흥겹고 기쁨도 있습니다

바다로 향한 연가 · 3

날 아는 분들이 말하길
왜 그 나이에 힘들게 사느냐고
농투성이 삶을 상대적 박탈감으로
서글프고 곤혹스럽지만
풀을 사랑하고 나무를 사랑하고
흙을 밟고 바람을 맞습니다
누구나 세상살인 소풍길

바다로 향한 연가 · 4

즐거운 소풍길 나서면

누리는 꽃 대궐

숲속엔 옹달샘

보이지 않는 사랑이

더욱 빛이 되는 날

누구라도 하늘을 향해

찬미 노래 아니 부르겠습니까

바다로 향한 연가 · 5

산 따라 금빛 놀 밝은데
땅거미 지는 아랫마을

집으로 가는 기차가
터널을 향해 코뿔소처럼 달려듭니다

순식간 꼬리까지 감추고는
아무것도 남지 않습니다

모두들 집으로 가고 있는데

바다로 향한 연가 · 6

가족을 만날 기쁨으로
귀갓길에 선 사람

귀소본능으로 버릇처럼 가는 사람
갈 데가 마땅찮아 그냥 가는 사람

그런데 갈 곳이 없는 사람도 있습니다

즐거운 나의 집 어머니의 집
모두가 그리하였으면
새들이 밤이면 나무에 깃들 듯이

바다로 향한 연가 · 7

깜깜한 엊그제 밤

은하는 삼경인데

뜰에 나서니 시원한 바람

북극성을 바라보며

동서남북을 가늠해 보지만

아직도 내 별이 어디 있는지 몰라

반짝이는 별만 쳐다 봅니다

바다로 향한 연가 · 8

내키는 대로
저 별은 어머니별
또 누나의 별

뉘게 내 별을 가리켜 달라고
청해 볼 때가 있을까

이 밤 새기 전
별에게 약속하렵니다

사랑하고
사랑하고 또 사랑한다고

바다로 향한 연가 · 9

얼마 전 달 여행을 하다가
모았던 정보철을 잊어버려
중도 하차 하기는 했지만
그래도 멋졌습니다

그전 경험들의 이음으로
어려움을 잊고 무지개를 따라
약속을 믿으며 희망을 키우렵니다

바다로 향한 연가 · 10

땅을 고르고
씨 뿌리고
나무 심기는
무지개를 심고 키우는 것

그림 그리는 이들이
그리고 또 그리고
음악하는 이들이 익히고
또 익히고

기능공들의 갈고 닦고
갈고 닦음같이

석학들이 쓰고
또 쓰는 노력을

농부들도 그렇게 일하고
또 일합니다

바다로 향한 연가 · 11

참 농사를 짓는 분을 압니다
젊어서부터 팔순에 이르는 지금까지
농사일밖에 모르는
내일은 그분을 만나겠습니다
뵙고 나면 인생의 교훈을 얻을 것입니다
"내가 뭘" 하시겠지만
진리 하나쯤은 가르침 받을 수 있습니다

바다로 향한 연가 · 12

이른 새벽부터 늦은 저녁까지
논밭에서 꾸준히
소를 몰고 땅을 갈아엎는
그때의 목청은 아름다운 노래였습니다

반백 년이 지난 지금에야
더듬어 보면
그 정경은 환상적이었다고
왜 그때는 그걸 몰랐을까

바다로 향한 연가 · 13

참사람은 겸손합니다

겸손은 무적의 무기입니다

물은 낮은 데로 떨어져
옹달샘은 시냇물이 되고

시냇물은 강으로 흘러들고
강은
낮고 낮은 바다에 안겨듭니다

어찌하면 낮은 곳에 임할까

바다로 향한 연가 · 14

바다는
별별 것을 다 받아들입니다

물도 받아들이고
쓰레기도 인간의 오욕도
착함도 못됨도

구름을 만들어
비를 내리게 하고
흰 파도를 일으켜 정화작용도

때로는
태풍으로 쓸어버리는 마음도

제3부

무위자연

(2016)

서시序詩
— 무위자연 · 1

후텁지근한 날 단비 내리고
개인 다음 파란 하늘
온 누리가 아름다워
나도 그렇게 되길
꽃봉오리 벙글기를 기다리는
하얀 마음 파란 마음 안고
희망의 나라로 달려갑니다

아침 풍경
— 무위자연 · 2

아침놀이 붉습니다
저녁놀에 견줄 수는 없지만
음력 하순에 이르면
하얀색 반달도 보이고
아랫마을 골목길마다
부산스런 기운이 스며
늘 즐거운 아침 상쾌합니다

봄날 과수원
— 무위자연 · 3

꽃이 필 때가 되었는데
날씨가 몹시 쌀쌀합니다

벌이 있을까, 벌이 올까

아직까진 벌과 나비와 꽃과
그 만남이 모자람 없었는데

언제나 꽃들은 싱싱합니다

금병도원
― 무위자연 · 4

춘천 금병산 자락에 있어
금병도원이라 불려지는 곳

작가 전상국 소설 『유정의 사랑』에 실린 곳

내가 가꾸는 복숭아밭이긴 해도
내 마음대로 할 수 없는 곳

오래 이어지길 바라면
나도 오래 살 것 같습니다

자연의 맛?

― 무위자연 · 5

금병도원 복숭아는
그냥 맛이 있습니다

볕과 바람과 흙
그 안에서
자연의 맛을 찾습니다

나무의 능력 따라 나름대로
열매 열리고 영그는
생긴 대로 보면 됩니다

세상 살아가기
─ 무위자연 · 6

지난날들을 돌아보면
못난, 아니면 잘못한 것들뿐

치우치지 말자, 열린 마음으로
평화의 어머니를 부르자

마음이 가볍고 홀가분하면
기쁘고 즐겁지 아니한가!

하늘을 향해 머리 숙여 봅니다

참새 떼
— 무위자연 · 7

뜨락에 참새 떼 몰려와
재잘재잘 시끄러우면
창문 닫고 안 듣는 척
들어 봤자 쓸데없는 소리
어디로 갈까 무엇을 할까
모르는 게 약이라고
모르면
보이는 게 다 예뻐집니다

꿀벌 이야기
― 무위자연 · 8

꿀벌 한 통이 강군일 때는
이 만 마리쯤 된답니다

좋은 날씨에
그 반 수 정도가 일을 하면
하루 한 되 정도 꿀을 따온답니다

날씨가 나쁘면 집안에 머물러서
따온 꿀을 먹어치운다고
사람들은 참 어떤 방법을 씁니다

벌 떼
― 무위자연 · 9

초등학교 들어가기 전
밭으로 일 나가시는 아버지를 따라갑니다

우연히 땡삐집을 보았습니다

한참을 보다가
뭔 심술인지
막대기로 벌집을 쑤셨습니다

나는 기절을 했고
아버지도 쏘이셨습니다
네다섯 시간 뒤 깜빡깜빡 깨어났습니다

애벌레 떼
— 무위자연 · 10

중국으로부터 바람 타고 온다는
발 딛기 어려울 만큼 새까맣게 깔린
멸강나방 애벌레 떼

하루아침에
옥수수밭이 뼈대만 남았습니다

작년에 처음 본
산누에나방 애벌레

일주일 만에
아름드리 밤나무 잎을
모조리 먹어 치웠습니다

아는 만큼 보인다
― 무위자연 · 11

금년 초여름
온 나라를 두려움으로 휩쓴
가공할 전염병, 일명 메르스

지나고 나면 아는 걸
실수를 거듭하다가 맞은 결과

처음부터 주의를 기울였다면
조금만 잘 보아두었더라면

어쨌든 외양간은 고쳐야 합니다

상선약수 上善若水
― 무위자연 · 12

호연지기라는 말을 합니다

넓고 넓은 세상 아름답다고
말하기는 쉽지만

그럴 듯 살아가기도 쉽지만
하늘나라는 이 세상과 다릅니다

흐르는 물이 자연스럽게 보여도
여기저기 걸리는 게 많습니다

그래서 시냇물은
졸졸졸졸 거립니다

배워서 남 주기
— 무위자연 · 13

산상설교에 황금률이 나옵니다*
사람 중엔 기복신앙이 있습니다

하느님을 따르려면
자기 짐을 지고 따르라 하십니다

무소유의 자유
자선을 베풀면 자비가 옵니다

용서하면 은혜가 따릅니다
배워서 남 줍니다

* 마태복음 7장 12절

바로 지금
— 무위자연 · 14

과거 현재 미래에서
지금이 가장 중요하다는 것을
진리라 합니다

지금 내가 살아 있음을
그냥 봅니다

꽃피고 새 지저귀는 동산에서
무위자연을 배우겠습니다

제4부

기뻐하십시오
(2016)

숨쉬기
— 기뻐하십시오 · 1

"자유가 아니면 죽음을 달라"

솔제니친은
살벌한 교도소 담벼락 안에서
아침 산책 시간 심호흡을 하며

"누구에게도 억압받지 않는 나만의 자유를 숨 쉰다"

라며, 잠시나마 기쁨을 느꼈답니다

줄서기
— 기뻐하십시오 · 2

오래지 않은 한때
"질서는 아름답고 편리한 것"이란
길거리 표어가 있었습니다

아름답다고 느낄 때
편리하다고 느낄 때
얼마나 자유로운가
가르치지 않아도 잘 압니다

일하기

— 기뻐하십시오 · 3

밭에 나가 땀을 흘리면
흙이 포근합니다

잡초들도 꽃이 됩니다

과일나무들이 정겹습니다

오늘의 즐거움과 평화는
왼 종일 혼자 있어도
내 삶의 기쁨입니다

날갯짓
— 기뻐하십시오 · 4

바람이 나비를 닮고
푸른 하늘 흰 구름이 둥실
곰이 되었다, 얼굴도 되었다
그대의 얼굴 그리운 사람들
해질녘엔 황금 노을
땅거미 지면 엄마의 집
총총한 밤엔 별 이야기들

이야기
— 기뻐하십시오 · 5

하늘의 별들보다 더 많은
별 이야기 들으려 시작한
아폴로도로스의 그리스 신화는
많은 이야기가 있고
헤아릴 수 없는 이름들이
기억되지 않는 어지러움으로
달포 넘어 씨름을 합니다

어린 왕자
— 기뻐하십시오 · 6

"별에 사는 꽃 한 송이를 사랑한다면
모든 별들의 꽃이 될 테니까*"
5억 개가 넘는 별에
장미꽃이 하나씩 피고
지구의 넘쳐나는 사람들이
내 별에 한 그루의 꽃을 심는다면
밤하늘엔 꽃이 넘쳐납니다

* 생텍쥐페리의 작품 『어린 왕자』 26페이지에 나오는 글.

불야성

― 기뻐하십시오 · 7

한밤 높은 곳에 오르면
색 색깔의 불빛을 봅니다

크리스마스 나무에 걸쳐진
깜짝이는 빛들

도시의 작은 공원엘 가면
마른 나뭇가지에 조명등을 달았습니다

축제 전야에 불꽃놀이는…

전야제
— 기뻐하십시오 · 8

별빛 황홀한 사랑의 무도회

사람의 손들, 열기熱氣

이야길 기억하지 않아도

사랑할 수 있는 기쁨

스칠 듯 말 듯 한 꿈

가슴 뿌듯해지는 함성

더도 말고 덜도 말고…

북극성 polaris
— 기뻐하십시오 · 9

어머니처럼 붙박이별
우리집 아내의 별
옆엔 보일 듯 말 듯 작은 별
하루 한 번 아내의 곁을 맴돕니다

오래된 이야기들을
이어질 듯 감출 듯 되뇌며
모두 사랑이었으면 좋겠습니다

기뻐하기
— 기뻐하십시오 · 10

2000년 전에도

"비뚤어지고 뒤틀던 세대였든"(필리 2,14)

400광년 거리의 별을(북극성)

내 별 네 별 말한다는 게

돌고 도는 헛된 세상에서(코헬렛)

오늘 기뻐할 수 있을까(不可知論)

기쁜 날은 기뻐해야 합니다

돌아보기
— 기뻐하십시오 · 11

기쁨이 있으면 자유롭습니다

기쁨이 있으면 평화롭습니다

기쁨이 있으면 비울 수 있습니다

기쁨이 있으면 예뻐집니다

기쁨은 사랑입니다

기쁨으로 하늘의 문을
활짝 열어 보겠습니다

웃는 연습
— 기뻐하십시오 · 12

기쁨을 얻으려면
입꼬리 올리기
"맑고 향기롭게" 말하기
다른 이들에게 머리 숙이기
스스로 잠재우기 따윈 버리고
좋은 것들을 찾기, 듣기, 느끼기
기쁜 숨쉬기

구하라

— 기뻐하십시오 · 13

어떤 이에게 물었습니다
무슨 운동을 하느냐고
"숨쉬기 운동"
삶은 즐거운 소풍이라
행복했던 사람 따르려면
네가 내게 오는 것 보다
내가 네게 다가가는 것

찾아라
— 기뻐하십시오 · 14

한순간이거나
긴긴 지루한 하루이거나
톡톡 튀는 벼룩 한 마리라도
마음으로 찾아냈다면
그 하루는 즐거운 날
"늘 기뻐하십시오, 거듭 말합니다
기뻐하십시오"(필리 4.4)

제5부

이 시대의 예언자를 위하여

(2016~2017)

아침놀

— 이 시대의 예언자를 위하여 · 1

어디가,

왜,

아니, 그냥

놀러 가는 것 아니야

아내를 뒤따라 나서는 데

새벽녘 점점 붉었던

아침놀이 다시 보입니다

호가호위
― 이 시대의 예언자를 위하여 · 2

큰길에 나섰더니
미국 자동차도 보이고
독일 자동차도 보이고
일본 자동차도 보이고
국산 자동차들도
내 것에 비하면 네다섯 배 비싸
누가 저렇게 반짝이게 닦았을까

성지 순례
— 이 시대의 예언자를 위하여 · 3

주교님의 사목 배려에 따라
교구 내 성당 순례에 나섰습니다

같은 도시인데도
가산이나 내촌 성당이 있고
솔모루 같은 성당도 있습니다

이제 100년을 본다면서
크게 크게 성전들을 마련해야 해요

농투성이
— 이 시대의 예언자를 위하여 · 4

손목시계 하나가 1억 원

아파트 한 채가 100억 원

명품 가방에 명품 옷을 걸치면
당신은 명품 인간

이리도 살기 좋은 세상인데

손목시계조차 없는 나는
흙에서 왔으니…

바람개비
— 이 시대의 예언자를 위하여 · 5

어제오늘

법은 법을 다루는 이들에게 맡기고

권력은 권력을 쥔 이들에게 맡기고

지식은 지식인들에게 맡기고

황금은 황금을 낳고

닭은 달걀을 낳는데

사람은 성인을 낳습니다

민들레
— 이 시대의 예언자를 위하여 · 6

어려서 들었던 엽전이란 말
요즘 들리는 헬조선이란 말
네 말도 맞고
네 말도 맞다
언제나 끈질긴 백성들
봄에 폈던 노란 민들레가
이 가을엔 싱싱합니다

깊은 잠
— 이 시대의 예언자를 위하여 · 7

꽃밭으로 갔습니다
철 지난 꽃들이
마음에 들지 않습니다
지난해 국화 화분을 얻어
많이 번식시켜 심었더니
갓 피어나는 저 꽃들
영화로운 잠의 요정

희망
― 이 시대의 예언자를 위하여 · 8

씨 뿌리는 농부는
가을의 열매를 봅니다
그런데 농사는 하늘 농사가 반 농사라
가물거나 덥거나 비오거나
못 보던 병이나 못 보던 벌레나
농작물을 해치는 짐승들이나
그래도 다음 해를 기다리지요

두려움
— 이 시대의 예언자를 위하여 · 9

미국 토네이도가 지나간 곳은
글자 그대로 풍비박산이 됩니다

심한 태풍이 지나가면 우리도
여기저기 상처가 남습니다

나뭇잎은 스치는 바람이
괴로울까, 상쾌할까
나무둥치가 흔들리면

예언자들
— 이 시대의 예언자를 위하여 · 10

노자는 공명을 좇다가 다투게 될라
보화를 탐하다가 도적이 될라
현혹되지 말라 마음이 혼란해질라
아모스 예언서 6장 1~7에는
상아 침상 위에 자리 잡고
비스듬히 누운 자들의 흥청거림도
끝장나고 말리라

유혹
— 이 시대의 예언자를 위하여 · 11

어제도
오늘도
내일도
나는 200만 원짜리
긴 돌의자에 비스듬히 누워
TV를 봅니다

부귀영화도 누리고 싶고
각선미 예쁜 여인이
앞서가면 혼란스럽고

달빛이 강물에 출렁입니다

성령의 열매
— 이 시대의 예언자를 위하여 · 12

나는 야만인처럼

방금 담배를 피워 물었습니다

왜냐하면 성령의 열매를

어떻게 다 따먹을 수 있을까 해서

사랑 기쁨 평화

인내 호의 선의

성실 온유 절제*

* 갈라디아 5장 22-23절

사랑 기쁨

— 이 시대의 예언자를 위하여 · 13

사랑이란

말만 들어도 말만 해도

얼굴이 환해집니다

그런 얼굴을 보면 기뻐집니다

기쁨이

모두에게 깃들면

평화로워집니다

한마음
— 이 시대의 예언자를 위하여 · 14

매일 감사 기도에서

모두가 한마음 한 몸이 되기를 빕니다

2000년을 그래 왔듯

나부터 사랑과 기쁨과 평화를 누리면

무릇 열매는 탐스러이 영글 터

"그러면 너는 물이 풍부한 정원처럼

물이 끊이지 않는 샘처럼 되리라*"

* 이사야 58장 11절

산들바람 분다

산들바람이 분다
높은 산들이 산뜻하다

나무들이 아름답고
들꽃들도 예쁘다

마음 한구석 시원해
가볍게 하늘을 난다

가는 곳마다 정다운
네가 있어 내가 사는

(2017. 9. 22)

하느님은

어느 날 학생들이 물었습니다
하느님은 무엇입니까, 라고
그분은 자연이시라고
나는 말했습니다

어느 날 한 친구가 물었습니다
하느님은 누구냐, 라고
그분은 사랑과 평화시라고
나는 말했습니다

어느 날 한 현자가 물었습니다
하느님은 어떤 분인가, 라고
그분은 공정과 정의라고
나는 말했습니다

앞으로 누가 또 물으면
모퉁이 돌이 뭔지
나도 몰라요, 라고
말을 해야 될까 봅니다

(2017. 12. 25)

제6부

넘치는 은총
(2018)

좋으신 분
― 기뻐하십시오 · 15

그지없이 좋으신 분께서
내게 숨을 넣어 주시니
내 마음 뛸 듯 즐거웠습니다
볕도 빛나고 꽃도 만발한
슬픔도 괴로움도 없는 곳
돌아가야지요 되돌아가야겠지요

한 처음 말씀
— 기뻐하십시오 · 16

137억년 전
우주의 대폭발(big bang) 뒤
태양은 빛을 내기 시작했고

우주의 행성들은
질서 정연히 줄 서고

지구는
땅과 물과 바람으로

하늘엔
달과 별들이
한 처음 말씀대로였습니다

꽃보다 아름다운
― 기뻐하십시오 · 17

우주인들의 말에 의하면
지구는 매우 아름다운 별이랍니다

사람은 꽃보다 아름답고

오랜 역사와 더불어 살다 간
헤아릴 수 없이 사라져 간
순하고 착하디착한 이들

찾으시니

― 기뻐하십시오 · 18

사람의 아들이 오시어
마른 나무에 달리시며
나를 하늘로 부르시는데
하늘을 우러르기는커녕
쌓이고 쌓인
부끄러움으로 숨지만
그래도
너 어디 있느냐 찾으시니

한 점 바람에
— 기뻐하십시오 · 19

봄이 오면 산과 들엔
연둣빛 잎새가 움트고

노랑나비 흰나비의 춤사위에
내 비뚤어지고 뒤틀렸던 마음
슬몃 날려 보냅니다

한 점 바람에 꽃씨 날리듯

앉으나 서나
— 기뻐하십시오 · 20

앉으나 서나
당신은 나를 알고
뒤에서도 앞에서도
나를 에워싸시고
손을 머리에 얹고 계시니
내가 어디로 달아나겠습니까*

혼자가 아니란 것을 알았으니
무엇이 두렵겠습니까

* 시편 139편

엄마 곁
— 기뻐하십시오 · 21

어머니 품에 안긴 아기는
쌔근쌔근 잠이 듭니다

나도 잠이 듭니다

꿈속에서 희망이 날개를 펴고
보랏빛 꽃밭에서
오늘도 엄마 곁을 맴돕니다

강아지만큼

— 기뻐하십시오 · 22

어둠에 갇혀 지냈던 날들
슬픔의 골짜기에서
울며 탄식하며 눈물을 흘릴 땐
보이지도 들리지도 않았던 빛
"두 이레 강아지만큼"(구상)
이젠 볼 수 있게 되었습니다

기다림
— 기뻐하십시오 · 23

세상 끝날이 언제 올지 몰라도

이미 하늘에 들어선 분들과

흰말을 타고 오실 분

오십시오, 오십시오

나는 푸른 풀밭 시냇가에서

나비*랑 놀고 있겠습니다

* 나비 : 프로메테우스가 신들의 형상과 비슷한 인간을 흙으로 빚었는데 그때 지혜의 여신 아테나가
지나가다 그것에게 숨을 불어 넣으며 콧속으로 나비(프쉬케)를 들어가게 하니 이로써 인간에게는
프쉬케(마음)가 깃들게 되었다.(이윤기의 「그리스로마신화」 3권 249쪽)

9월이 오면
— 기뻐하십시오 · 24

9월이 오면
금병도원으로
순금 빛 복숭아를 따러 갑시다

오래 참고 기다렸던
사랑의 열매를
어린아이가 되어
바람에 춤추는 풀꽃처럼

영광의 빛
— 기뻐하십시오 · 25

새 하늘과 새 땅이 마련되는 날*

내 눈물을 닦아 주시는 날

영광의 빛은
더럽혀진 내 옷을
내 마음을
하얗게 바래어 주실 것이고
말끔히 씻어 주실 것입니다

*묵시록

생명의 씨
— 기뻐하십시오 · 26

따뜻한 봄이 왔습니다

어머니의 속살 같은 땅에
눈물을 감추고 기쁨으로
즐겁게 생명의 씨를 뿌리면

곡식단 들고 올 때는
하늘 우러르며 환호할 것입니다*

* 시편 126편

사랑과 생명으로
— 기뻐하십시오 · 27

중세 1300년에 시인 단테가
지옥으로 보냈던 남녀를*
1886년에 오귀스트 로댕은
그들을 지상으로 불러올려
사랑과 생명을 찬미합니다
성스러움과 아름다움과 기쁨과 더불어

* 신곡 지옥편 제5부의 입맞춤 : 대리석상. 파리 로댕 박물관. 이종한 신부의 성화이야기 · 1, 200쪽

넘치는 은총
— 기뻐하십시오 · 28

"젊은이의 자랑은 힘이고
노인의 영광은 백발이다*"

나는 젊어서도 백발이었습니다
거짓말도 잘 했고 잘난 척도 잘 했고
그래도 나는 믿습니다

강물처럼 철철 넘치는 은총을

* 잠언 20장 29절

그리움이 그림자처럼

1

금빛 노을이 지면
나는 저 어린 날
볕이 따스한 봉당에서
아기 젖 물린 엄마의
그림자를 봅니다
산티아고 여행기에서 보았던
크고 긴 그림자에 서린 것을

2

그 여름날 볕이 총총하면
뒷동산 잔디에 자리 깔고 누워
별들의 소근거림
기쁜 이야기 슬픈 이야기
별별 희한한 이야기
"정읍사井邑詞"의 여인
기다리는 사연을 엮어 봅니다

3

삼십여 년 전 한 강의실에서
노래를 부를 때였습니다
조그맣고 까무잡잡한 단원이
모르고 지나친 틀린 음정을
똑바로 잡아 주는 일이 있었습니다
이름은 잊었지만 가끔 떠오르는 얼굴
여전하겠지 그렇겠지

4

한 사람의 그림자를 잡고
스스로 좋은 추억이라
기다리다 보면 인연으로
만나리라 굳이 믿습니다
느닷없이 앞에 나타나
'잘 지내셨나요' 라고
이런 그림이 상상화인가, 추상화인가

5

꿈은 이루어진다
그리움이 그림자처럼 누워서
기다림을 다스려 줍니다
지난날
달 여행을 꿈꿀 땐
아르테메스는 생각도 안 했습니다
지금은 그 얼굴을 짝사랑해도

6

여신은 사냥꾼
그녀의 화살에 내 심장이
꿰 찔리지 않는다면
그것은 내가 너무 작아
보이지 않는 것이거나
말도 안 되어 흘려버리거나
헛소리가 될 때 되더라도

7

한때 달에 취했었지요
숲 사이로 새어든 달빛에
그리움이 실려
얼마나 정신없이 춤추었던지
그대 달밤 숲에 들어보았나요?
그대 달빛 어린 호젓한 길을…
밤새 잠 못 이루어보았나요?

8

달빛 밝은 눈 쌓인 길을
친구와 걸으며
둘은 기쁨을 함께 했었는데
그 친구 내 곁을 떠난 뒤
마음의 창문이
속절없이 닫혔다는 것은
그림자조차 없이 닫혔다는 것을

9

스무 살 무렵 친구들과
설악산엘 오르기로 하였습니다
백담사를 떠나 오세암을 지나는데
장대비가 쏟아졌습니다
한 친구가 감기에 걸려서
정상은 거들떠보지도 않고
내려오는 길 참 멀기도 했습니다

10

그런 친구들 하나 둘 셋
꽃 지듯 떠나고
늙은이가 된 나는
그들의 얼굴 하나하나를
파도가 흩어지는 바닷가로
돌고 돌아 내 자리로 와서
언제나 그림자를 바라봅니다

11

더 어린 시절
아버지 방문 밖 뜨락엔
백합 한 떨기가 있었습니다
꽃이 피면 향기가 가득해
마음이 즐겁습니다
그런데 이젠 일 년을 기다린 끝에
피고 지는 모습들이 야속합니다

12

「태양은 뜨고 지지만
떠 올랐던 그 곳으로 서둘러 간다
남쪽으로 불다 북쪽으로 도는 바람은
돌고 돌며 가지만
제 자리로 되돌아온다
있던 것은 다시 있을 것이고
이루어진 것은 다시 이루어질 것이니」

* 코헬렛 1장 머리말 중에서

13

시간은 가는 것이 아니고
우주 만물이 지나가는 것이다
순서대로 태어나고 사라지고
나는 그 한 가운데서
유유자적하는데
어떤 이는 미국으로 날아가고
어떤 이는 부산으로 내달립니다

14

정월 대보름날
달빛 아래 노닐며
가슴 서늘한 추억들
그리운 사람들 이야기들을
달빛 그림자와 나누었습니다
시간은 지나가지 않았습니다
다만 내가 지나왔을 뿐입니다

별들은 혼인하지 않는다

1

정월 대보름쯤
달을 따라가는 정다운 별 두 개
며칠 눈여겨보다가
나는 그들을 엮어서
가시버시 별이라 불렀습니다
이름을 붙여 놓고는
그렇게 믿었습니다

2

하지 무렵 그들을 찾았더니
나뭇가지 벌어지듯
사이가 벌어져 있었습니다
저들도 우리와 같은가
굳이 말을 해봐야 하나
뜰에 지천으로 피어 있는
꽃 무리의 정겨움이 별인데

3

오르페우스가 지옥까지 가서
아내 에우뤼디케를 구해 오다가
아차 하는 사이 아내를 다시 잃고
절망으로 떨어집니다
다른 여인들은 안중에도 없어
광란의 축제에서 여인들 손에
죽어가면 그는 노래를 부릅니다

* 이상 7행 : 이윤기의 「그리스로마 신화」 1권 242쪽.

4

「에우뤼디케 — 그러자 숲의 나무
에우뤼디케 — 그러자 강의 물
에우뤼디케 — 그러자 큰 바위 텅빈 산도
그 이름을 메아리치게 하였다」

Lyra(뤼라 — 수금)의 별자리를 아는 이
내게 가르쳐 주세요

오르페우스의 행복을 빌어요

* 위 4행 : 이윤기의 「그리스로마 신화」 1권 242쪽.

5

가시버시 별 중의 한 영이

나를 찾아 왔습니다

나는 수많은 별과

수많은 별자리를 가리키며

저들의 이야길 조금만 해 달랬습니다

기억력이 좋지 않아

많은 것을 알아듣지 못하기에

6

북극성은 400광년 떨어진 별이고

나는 300광년쯤 되고

당신이 말하는 내 짝은 350광년쯤 되고

어린 왕자의 별은 100광년쯤 되나

하늘은 평면이 아니라

몇백 광년씩 떨어져 있지만
별은 언제나 이곳으로 달려오지
언제나 저기 내 별이 있네

7

빛의 속도 30만km×60초×60분×24시간×365일=1광년
아둔한 내 머릿속이 까맣게 되거나
하얗게 늙어 버리거나
나는 별의 영에게 말했습니다
다음에 다시 와 주세요
지금은 어지럽군요
나는 지쳐 잠이 들고 있었습니다

8

꿈인가, 환청인가
별의 이야기가 들립니다
호모 사피엔스들이 세상을
뒤죽박죽되게도 했다가

때로는 태평연월太平烟月도 되었다가
비뚤어지고 뒤틀린 무리들이
강물처럼 흐르기도 했다가

9

산에서 태어난 사람은
산에서 살게 되고
물가에서 태어난 사람은
물가에서 살게 됩니다
개천에서 용이 나기도 하지만
강에서 이무기가 되기도 하고
지구는 자전도 하고 공전도 합니다

10

어떤 이는 별을 좋아해서
천문학자가 되고
어떤 이는 곤충을 좋아하다가
평생 곤충과 살아가고

흙을 좋아하다가
무식한 농투성이가 된 나는
할 말을 잃었습니다

11

잠결에 이런 이야기도 들었습니다
별들은 혼인하는 일이 없다고
견우와 직녀의 전설도
내가 말하는 별 이야기도
어린 왕자의 별도
사람들의 착각 또는 희망이다
가끔 몸살을 앓게 된다고

12

나는 무중력 상태에서
다른 이야길 했습니다
북두칠성의 바깥쪽 두 별이 부부인데
첫 번째로는 딸을 낳아서

살림 밑천을 장만하고
이어 네 아들을 낳았는데
아직은 천방지축이고

13
딸의 영이 말했습니다
세상이 좋아지려면
사람들이 공정과 정의로와야 되는데
아들의 영들이 이구동성으로 말했습니다
그들이야 어찌 됐든
세상은 백성들의 힘으로 흘러간다고
민심은 천심 옳거니

14
꿈에서 깨어날 때
별들의 별별 이야기들을
오르페우스의 수금 가락에 맞춰
알퐁스 도오테의 별 이야길 노래하며

인간적인 너무도 인간적인 것을

별들에게 말하면 그들은

혼인은 인간들이나 하는 것이랍니다

제7부

사과나무 심기

(2018)

친구가 될래요

천사를 만나면
친구가 되랍니다

왕벚꽃 나무 아래로
그대를 오라 했습니다

손편지 한 장이
친구가 될 수도 있어
오늘은 아침부터
기쁨으로 채웁니다

잠자리에 들 때까지
그리되었으면

눈 오는 날
― 사과나무 · 1

기다렸던 눈이 오는 날

뜰에 쌓이는
하얀 그리움들
반짝이는 빛을 봅니다

그것이
내 몸이거나 마음이거나
나는 20대부터
사과나무를 심었습니다

기쁨의 시간
— 사과나무 · 2

무더웠던 여름 가면
탐스러운 열매 하나, 둘, 셋
기쁨의 시간들

이웃들과 나누면
우쭐거리거나 뽐내거나
젊은 날은 갔습니다

따라서 자라나는 나무들

나무를 심을 땐
— 사과나무 · 3

잘 났던 못났던
나무를 심을 땐
키가 큽니다, 어른이 됩니다
희망은 꿈은 믿는 것
가끔은 어지러울 때도 있지만
나는 30대에도
사과나무를 심었습니다

언행言行
― 사과나무 · 4

잊고 있던 날들
그리도 많은 그리움들

행여 임이 오시려나
작거나 크거나 내 언행을

땅속 깊이 묻을 수도
바람에 날려 보낼 수도…

뻔뻔한 얼굴이 됩니다

꽃밭
— 사과나무 · 5

일그러졌던 얼굴을 펴고
미소를 지어야지
씨앗을 뿌리고 가꾸고

좁으면 좁은 대로
넓으면 넓은 대로
제멋대로 꽃밭을 만들었습니다

나는 40대에도
사과나무를 심었습니다

아침 금병산
― 사과나무 · 6

나리꽃들을
옥잠화들을
장미꽃들을
찾아봐야 보이는 작을 꽃들을
잡초라 말하는 풀들을

아침엔
금병산이 이슬로 반짝입니다

내 마음의 궁전
― 사과나무 · 7

금빛 노을이 지면
삼악산은 고요에 잠기고

어둠이 짙어지면
꽃밭 같은 불꽃놀이
아름다운 내 마음의 궁전

나는 60대에도
사과나무를 심었습니다

기러기처럼
— 사과나무 · 8

삼천리 금수강산엔

바다와 크고 작은 섬들

백두산 금강산 한라산

압록강도 한강도 낙동강도

내 앞마당 뒷마당

대붕大鵬으로

구만리 장천은 못 되어도

기러기처럼 하늘을 오갔으면

나뭇가지에 매달린

－사과나무 · 9

나는 나를 사랑한다
나는 너를 사랑한다

하느님 이웃들 그리고 사랑

오늘도 나뭇가지에 매달린
매미나 새끼 비둘기로 노닙니다

나는 70대에도
사과나무를 심었습니다

몸으로
— 사과나무 · 10

봄이 오는 소리를 듣습니다

비 내리는 소리도
여름이면 바람 소리
가을엔 곡식 영그는 소리
지친 농부의 발자국 소리

소리가 보이고
소리가 들리고

몸으로
별별 것을 다 느낍니다

농사짓기
ㅡ 사과나무 · 11

나의 농사짓기는
사과나무에 매달려 살아요

그것밖에 모르면서도
푸른 하늘을 봅니다

상상도 못 하는 숱한 이야기

이제 80대가 되면
하릴없이 사과나무를 심을 것입니다

보이지 않는 세상
— 사과나무 · 12

큰 나무와 마주 섰지만
뿌리는 보이지 않습니다

풀을 밟고 섰습니다
뽑아 보면 뿌리가 보입니다

보이는 것은
열에 하나 혹은 둘이겠지요

보이지 않는 세상
그리고 나

부탁
— 사과나무 · 13

누군가 혹시라도
이 글자를 읽는다면

모바일 입력도 할 줄 몰라
정보의 바닷가도 가보지 못한

시골 농부에게
이 노래 불러 주세요

"깊은 산속 옹달샘 누가 와서 먹나요"

소망

― 사과나무 · 14

물만 먹고 가는 이가 있다면
그는 나무꾼일까요, 선녀일까요

일만 년 전 그때쯤이었다면
난 토끼를 잡으러
이산 저산을 헤매고 있었겠죠

나는 90살, 100살이 되더라도
사과나무를 심겠습니다

김희목

• 1941년 춘천 출생으로 김유정 마을 「산국농장」 주인이고, 지금까지 농사만 지어왔다. 시집으로 1999년 『산국농장 이야기』, 2001년 『산국농장에 올 때는 티코를 타고 오세요』, 2013년 『나는 지금 엠마오로 갑니다』가 있다. 그의 시는 깊은 성찰이 담긴 언어로 직조되어 있다. 그는 아직도 소년이고, 여전히 세상을 향해 조용히 미소 짓고 있는 금병산 산지기 시인이다.

시와소금 시인선 105

오늘도 나는, 사과나무를 심겠습니다

ⓒ김희목, 2019. printed in Seoul, Korea

초판 1쇄 인쇄 2019년 09월 25일
초판 1쇄 발행 2019년 09월 30일
지은이 김희목
펴낸이 임세한
펴낸곳 시와소금
디자인 유재미 정지은

출판등록 2014년 1월 28일 제424호
발행처 강원 춘천시 충혼길20번길 4, 1층 (우24436)
편집실 서울시 중구 퇴계로50길 43-7 (우04618)
전화 (033)251-1195(팩스겸용), 휴대폰 010-5211-1195
전자주소 sisogum@hanmail.net
ISBN 979-11-86550-05-2   03810

값 10,000원